I nåleskog

Hans Petter Kjæstad

I nåleskog

kortprosa

Calisto 2014

ISBN 978-82-999816-1-3

E-post: calisto@calistoforlag.no
Internett: www.calistoforlag.no

Innhold

HAGE

Jeg går langsomt opp langs huset, mot plenen på forsiden. Da fotsålene mine kjenner gras i stedet for jord og grus, hører jeg en lyd. Jeg vet at det er du som lager lyden. Det er langfingerknoken din som banker mot stuevindusglasset. Bank, bank, bank! Jeg vet hva du vil. Jeg vet også at jeg kommer til å fortsette å gå. Flere skritt, rett mot grinda. Knakk, knakk, knakk! Jeg vet godt at nå bruker du gifteringen din på ruta. Knakk, knakk, knakk!

Jeg har sett deg bak ruta før. Sett den lange, brune kjaken din, venstrehånda med sigaretten, underbittet, de skrukkete kinnene, de grå krøllene dine som ligger i tykke lag oppå hverandre på hodet ditt som pynten på verdens vondeste kake. Sett den vesle grå hunden med de rennende øynene, også den underbitt. Du likner heksa i *Jannikes lekehus* på TV, vet du det?

Du vil at jeg skal stanse, snu meg og snakke med deg. Du vil vite hvorfor jeg har kjolen til datteren din under armen. Hvis jeg ikke snur meg nå, kommer du vel til å åpne vinduet. Gifteringen vil ikke knuse ruta, du kommer nok heller til å åpne vinduet. Bare gjør det, det blir verst for deg: Åpne vinduet og si navnet mitt! Jeg vet ikke hvor datteren din er. Jeg har fått henne til å forsvinne. Hun er ikke her nå. Kanskje du ikke vil forstå hva jeg mener, du merker likevel ikke om hun er her eller ei.

Forresten bryr jeg meg ikke om hva du forstår, og snu meg kommer jeg i hvert fall ikke til å gjøre. Bare åpne vinduet og rop navnet mitt, du! Du kommer til å bli for sein. Det var jeg som fikk henne til å forsvinne. Kjolen skal jeg ha, og hånda mi er snart på grinda.

MIN MANN DANSA FRAM

Det er AK selv som åpner. Han ser på meg med steinansikt. I gangen er det varmt og det lukter kokt kål, dessuten parafin og fjøs. Støvlene til AKs far står der. Det er litt våt snø på dem. Harebikkja står bak AK og bjeffer hest. AKs mor skriker noe fra kjøkkenet. Hun vil at bikkja skal legge seg på plassen sin, men den blir bare stående og halse som en robot. Jeg kjenner at jeg blir litt svimmel. Han peker oppover trappa. Vi stikker opp på rommet hans. Der er det kaldt.

AK setter på musikk. Det er Black Plague, men han spiller så lavt at jeg nesten ikke hører hvilken sang det er en gang. Men jeg ber ham ikke om å skru opp, heller ikke går jeg bort og gjør det selv. Jeg bare sitter der og ser ut av vinduet, akkurat som AK. Han følger ikke med i det hele tatt.
Så åpner han skuffen og tar fram en rød pakke: Western Cigarettes. Han holder den opp og ser på meg. Jeg rister på hodet. Han trekker på skuldrene, tar ut en Western og tenner den. Jeg begynner å bla i en bruksanvisning som jeg har tatt opp fra gulvet. Jeg tenker at jeg ikke kjenner AK, og at jeg kanskje ikke har så lyst til å kjenne ham eller være her heller. *Du har en morsom og hyggelig bror,* tenker jeg. *Og en svært pen og hyggelig søster. Men du?* Sånt tenker jeg.

AK sier noe. Han holder opp et glorete blad foran seg. Uten å si mer åpner han midtsidene og snur dem mot meg. Han gliser med sigaretten i munnen og øynene hans er smale i røyken.

I bladet er det et slags landskapsbilde med to høye furutrær.

Mellom trærne står en stor kronhjort.
Den har muskelstram kropp og vidt, takkete gevir.
Rundt halsen har den et gullkjede.
I kjedet henger en klump klar rav.
En veps er fanget inne i ravet.
Bakkroppen til vepsen er gul med svarte tegninger.

Tegningene danner et ord.

Ordet treffer øynene mine som et elektrisk støt. Støtet fortsetter inn i nakken og lager små eksplosjoner nedover ryggmargen, nedover, nedover og så oppover igjen til jeg får igjen synet og blikket mitt møter øynene til AK. Han smiler ikke lenger.

– Interesserte det deg ikke, eller? sier han.

Jeg ser ned, sier ett eller annet og snur på bruksanvisningen en stund. Så reiser jeg meg og går.

HVIS DU ER BORTE

Det er sent i mars. Snøflekkene lyser i kveldsmørket, og tett skodde legger seg som dotter nesten helt ned på bakken. Nettene er kalde, men sove med åpent vindu går fint, i hvert fall en liten gløtt. En natt hører jeg en lyd rett før jeg sovner. Det er en høy, klagende kvinking. Det er ikke en lyd jeg drar kjensel på, jeg forstår ikke om det er fugl eller pattedyr en gang. Hun kan ingen ting om dyr og ser eksempelvis ikke forskjell på ender og gjess, så det er ingen vits i å spørre henne. Men jeg spør likevel. Hun er også forundret over lyden. Så sovner vi.

Noen netter senere bråvåkner jeg. Ute i skogen er det et levende vesen som lager den samme, snøftende jamringen. Nå er jeg nesten sikker på at det er et dyr som har skadd seg og trenger hjelp. Og jeg klarer ikke la være å tenke på Otto, hunden vår, som hun fant påkjørt i veikanten for noen uker siden.

Kvelden etter hører jeg skapningen igjen. Jeg lurer på hva de har gjort med den. Den skriker så sårt. Men jeg tør ikke lete. Hva vil jeg få se? Hva kan jeg gjøre? Jeg er da ikke noen dyrlege heller. Jeg står opp og går ned uten å vekke henne, åpner døra og ser ut i mørket. Jeg kan fornemme at dyret beveger seg der ute. Jeg aner en svak pusting, men ellers er det helt stille. Det jamrer seg ikke lenger. Kanskje det sanser meg og er redd. Og så kjenner jeg en svak lukt. Av blod?

Jeg løfter den tunge, varme kroppen inn i gangen. Lyset er for svakt til at jeg ser ordentlig. Er det et rådyr har reddet? Jeg tror det. Fornøyd med bedømmelsen går jeg inn på kjøkkenet for å tappe vaskevann i gulvbøtta. Igjen begynner jamringen.

Selv etter at skapningen er vasket og tørket, er den vanskelig å artsbestemme. Ved første øyekast er det faktisk vanskelig å si sikkert hva som er foran og bak. Hodet ser ut til å være stramt slått tilbake langs høyresiden og beina er krøkt oppunder buken. Kroppen er dekket av et tett, gråbrunt hårlag som på en elg.

Mens det blir dag, stryker jeg dyret bortover ryggen, gang på gang. Et øyeblikk er det som om holdet åpner seg og suger hendene mine til seg med et slags svakt, men insisterende vakuum. Jeg rykker hendene til meg og blir sittende en stund og tenke på det.

Hun kommer ned fra annen etasje. Jeg ser på klokka og blir klar over at jeg må på jobb. Et viktig møte. Hun sier:

– Dette klarer vi! Så setter hun seg ned og begynner også å stryke og stryke.

I aftensmørket, tilbake på tunet, ser jeg fra bilen at ingen lys er tent i huset. Jeg åpner døra til huset og konstaterer at både hun og dyret fortsatt befinner seg i gangen. Hun sitter i samme stilling. Før jeg rekker å si noe, sier hun:

– Dette klarer vi!

Resten av kvelden og natta er borte, jeg husker bare at hun ba meg om å gå til sengs uten henne. Jeg går sakte ned trappa og finner dem i gangen som før. Nå ser jeg at hendene hennes har forsvunnet dypt inn i dyrekroppen. Og min eneste tanke er at jeg må dra.

Jeg går mot døra. Lea vrir seg rundt og ser på meg. Hendene hennes sitter fortsatt fast. Jeg må dra.

NÅR JEG KOMMER TILBAKE

Jeg våknet av et skrik. Rettere sagt: Med et skrik. Det var jeg selv som hadde skreket. Hadde det vært et barn inne hos meg i natt? Og spurt meg om noe? Hadde jeg barn? Jeg hadde da ikke det? Langsomt ble jeg helt våken, og redselen etter marerittet fordampet. Ute var det halvmørkt, med demringslys dempet av kald tåke som lå helt nede på bakken.

Jeg drømte aldri den drømmen igjen. Men noen netter etterpå, da jeg skulle sove, kunne jeg gjennom vindusgløtten høre en skarp kvinking. Den varte bare noen sekunder, og den kom fra hogstfeltet med alle snøklattene.

Det kommer to netter til med denne kvinkingen. Hun ber meg gå ut og se hva slags skapning som lager lyden. Hun griper meg hardt i armen, og jeg vet det er best jeg prøver å få henne rolig. Jeg går ned trappa og tar med meg Oddvar, som logrer begeistret over å være på felles tokt i mørket. Og Oddvar finner det skitne og våte dyret. Det ligger nede i et søkk og puster raskt og redd.

Jeg bærer det inn i gangen. Oddvar snuser og slikker noe voldsomt, og jeg blir nødt til å stenge ham inn i buret. Selv etter at skapningen er vasket og tørket, er den vanskelig å artsbestemme. Ved første øyekast er det faktisk vanskelig å si sikkert hva som er foran og bak. Hodet ser ut til å være stramt slått tilbake langs høyresiden og beina er krøkt oppunder buken. Kroppen er dekket av et tett, gråbrunt hårlag som på en elg.

Jeg er rådløs. Mens jeg sitter der, stryker jeg dyret bortetter ryggen og lar hendene til slutt ligge rolig på pelsen. Jeg føler det da akkurat som om små tapper søker ut gjennom hårlaget og videre som om håndflatene mine får slisser som tappene får plass i og det er en svært overraskende opplevelse, og nokså behagelig, men jeg tar ikke sjansen på at det virkelig skjer, så jeg rykker hendene til meg og konstaterer at det var innbilning.

Lea kommer også ned. Hun finner varmeflaske og tepper, og tar selv et rødt skjerf om halsen. Hun tror ikke dyret trenger noen veterinær. Jeg er med ett fullstendig utkjørt.

– Bare gå og legg deg, sier hun.

Om morgenen drikker vi de vanlige kaffekoppene sammen. Hun er mild i ansiktet og har nesten ingen rynker. Hun sier:

– Vet du, det kjentes akkurat ut som...

– Det var innbilning, sier jeg øyeblikkelig.

På jobben husker jeg ikke hva jeg driver med fra det ene minuttet til det neste. Noen bemerker det, men jeg svarer ikke. Jeg snakker nesten ikke den dagen. Det jeg har hjemme, nevner jeg ikke for noen.

Da jeg kommer hjem igjen, finner jeg verken dyret eller Lea noe sted i huset. Da jeg har slått nummeret hennes, ringer det i en jakke i gangen. Klærne hennes, underbukse, sokker og det hele, ligger i en haug på en kjøkkenstol. Jeg slipper Oddvar ut av buret. Han ser lenge på meg med mørke øyne og tar et par slag med halen. Han undersøker en dam med rødbrun væske på gulvet og nyser da han får noen gråhvite hår i nesa. Så går hunden bort til det store stuevinduet og blir stående og stirre ut. Hjertet mitt banker voldsomt da jeg tar plass ved siden av den.

Der borte på jordet står et stort dyr i det halvmodne kornet. Det har et rødt skjerf om halsen, er langbeint og grått og minner om en elg. Det er elegant, men samtidig beveger det seg ustøtt og liksom forsiktig. Bevegelsene får meg til å tenke på et føll jeg så da jeg var gutt. Føllet var bare noen timer gammelt og hadde akkurat reist seg for første gang.

Dyret slår over i et slags trav, men i stedet for å følge en rett linje framover, bråstanser det av og til, svinger på kroppen og duver fram og tilbake. Det ser ut som om det danser.

JUDIT

Nå er det tredje gang jeg stopper hos jenta i hylsteret. Det er ikke kiosken hun jobber i som er hylsteret, det er de gammelmodige og kjedelige klærne hennes. Er det ikke en eller annen sekt som mener at jenter skal gå i sånt?

Tropisk fisk innestengt i et muggent akvarium, bevokst med brunalger. Hun er ikke så mye yngre enn meg. Det honninggule håret er satt opp i en frisyre som hadde passet på en femtiåring for femti år siden, og det er tydeligvis ikke et forsøk på å fremheve noe som helst eller gjøre henne tiltrekkende. Men det gjør det. Synet av henne der hun står innrammet av kioskluka får meg til å tenke på de gamle portrettmaleriene der jenta trekker til seg lyset slik at ansiktet skinner i mørket.

Sommeren er ikke kommet helt i gang, om et par uker skal vel folk flest ha ferie, men det er få turister foreløpig. Derfor er det ikke mange som forstyrrer meg der jeg holder en bitte liten samtale gående med henne, livredd for å si noe feil, mens det kverner i brystet på meg.

Uka etter skjer det samme. Etter dagens serviceoppdrag setter jeg varebilen foran kiosken, kjøper en is, småsnakker forsiktig med den sky jenta, får henne til å smile en gang. Jeg blir veldig overrasket da hun ber meg komme inn for å få en kopp kaffe. På siden av brakka er det ei dør og ei trapp med to trinn. Inne i halvmørket kjenner jeg hvordan lukten av aviser, tobakk, drops og epler legger seg som en sky rundt hodet og gjør meg ør. Vi drikker kaffe ved et bitte lite bord med en rutete voksduk. Innimellom tar jeg henne i å se intenst på meg med et slags sideblikk, da slår hun øynene ned med en gang. Da jeg skal til å gå, spør jeg henne helt rolig om hun kunne tenke seg å bli med på en kjøretur rundt i bygda dagen etter, når vi begge er ferdige på jobb. Det vil hun. Jeg skal til å snu meg for å gå da hun slår armene rundt meg og trekker seg meg hardt inntil seg. Panna hennes ligger mot kinnet mitt. Hun lukter litt såpe og litt som kiosken. Jeg slår armene rundt henne også, men da sanser jeg at hun trekker seg, så jeg løsner fort grepet og snubler baklengs ut døra og nedover den lille trappa med et:

– Ses imorgen!

Det er etter stengetid da jeg kommer opp foran kiosken. Da hun kommer gående mot bilen, legger jeg merke til at hun drar på den ene foten. Ikke mye, men litt. Jeg legger også merke til at hun registrerer at jeg ser det. I det hun klatrer opp i passasjersetet, forteller jeg det som det er, at jeg ikke er ferdig med dagens jobber, at jeg må ta ett oppdrag til før jeg kan gi meg, at det er rett i nærheten, bare en liten sak, og at jeg håper det ikke gjør noe, vi kan kjøre en fin tur etterpå? Det ser ikke ut til at det gjør noe.

Det tar mye mer tid å bli ferdig med den siste jobben enn jeg hadde forestilt meg. Jeg ligger på kne i melkerommet og prøver å tilpasse en del til vakuumpumpa. Den helt riktige delen fant jeg ikke noe sted i bilen, og bonden så helt sjokkert ut da jeg ymtet om at den måtte bestilles. Til slutt klarer jeg å presse den på plass, og bonden blir fornøyd med meg ut på tunet.

Jenta er på vei ut av bilen, antakelig for å finne ut hvor jeg blir av. Hun bråstopper.

– Hvem er det du har med deg, da? sier bonden. Det frekke spørsmålet ville ikke fått noe svar hvis jeg ikke var så sliten at jeg nesten ikke kan gjøre rede for mitt eget navn. Så slår det meg: Jeg vet ikke navnet hennes og hun vet heller ikke mitt!

– Detta, det er'a Reidun oppi lia, mumler jeg, og angrer med det samme. Hva faen skulle det bety? Med den nysgjerrige gårdsbikkja i hælene farer jenta rundt hjørnet på bilen og kaver seg opp i passasjersetet igjen.

Det begynner å bli seint, sola er gått ned og kvelden skumrer i liene, så jeg tilbyr meg å kjøre henne hjem.

Hun foretrekker å bli satt av der jeg hentet henne. Jeg blir med ut av bilen og vi går bortover mot kiosken og jeg ber inni meg om at vi skal inn i mørket og klemme. Men hun går forbi. Jeg går etter.

Hun snur seg mot meg og jeg ser noe i øynene hennes som ikke bare får meg til å stoppe, men ta et skritt bakover. Så sier hun hva hun heter, snur seg igjen, og fortsetter å gå. Jeg har hørt navnet før og vet det kommer fra Det gamle testamente. Hun går nokså fort, snur seg ikke da jeg ber henne vente litt, bare fortsetter oppover veien. Avstanden mellom oss er snart uoverstigelig

Om litt vil hun runde svingen og forsvinne ut av syne. Jeg ser langt etter henne og ser hun blir utydelig i den lysegrå sommerkvelden, i lyset som noen kunne kalt sølv eller titan eller bly eller det fjerde metallet jeg ikke kommer på i farten, men her jeg står, tenker jeg mer på den som støv, den fargen som legger seg på alt og gjør det så likt og så lite håndfast; jorder, einerkjerr, våningshus, fjøs og jenter som halter hjemover.

SKETSJ

Hei! La meg gå rett på sak: Har De egentlig reflektert over hvilket åk det er å være medlem av dette samfunnet? For noen krav! Hvilken konformitet som forlanges! Gud hjelpe den som trår skjevt!

Forresten: De er sikkert også en av disse som har alt på det tørre. Røyker eller drikker gjør De garantert ikke, så vi kan vel se bort fra at De noen gang har blitt uforsvarlig full på julebordet og dummet Dem ut i alles påsyn. Hasj nyter De sikkert heller ikke, nei, vi hadde jo brakt på det rene at de ikke røyker. Vi kan vel også ignorere muligheten for at De er en sånn som får Deres mor til å gråte, ja, ingen kan vel en gang mistenke Dem for å ha uroet Deres svigermor med en ubetenksom kommentar. Er De forresten gift, eller har De vært....ikke det. Aldri skilt heller, så flott. Men De har da sikkert vært til sengs med en kvinne De burde holdt Dem langt unna. Nehei.

Men hør her: En eller annen gang har De i alle fall opplevd ufrivillig å slippe en fjert i en heis full av fremmede mennesker? Forsovet dem til et viktig møte? Kjære, dette er da ikke mulig? Plettfritt rulleblad altså. Én ting vet jeg dog: Pornografi! Vis meg den mann som aldri besøker et Internett-sted for at øynene skal få gå på fylla i nakent kjøtt...De tøyser? De og jeg, altså...aldri surfet etter nettpornografi. Det kan vel ikke være mange som oss, nei, det er min ærlige mening at i global sammenheng og i vår demografiske gruppe er vi ganske sikkert alene om akkurat en slik meritt, om det er lov å si *alene* om to personer, altså.

For egen del må jeg jo innrømme at helt ren av sinn, det er jeg slett ikke. Når jeg oppsøker nettstedene, så er det ofte for å nære mine voldelige sider. Bare i fantasien, rett nok, men jeg får mye ut av å se virkelig aggresjon få utløp som virkelig vold. Ja, i form av boksing, fullkontakt-karate, kickboksing og så videre. Favoritten er *mixed martial arts*. Der er det lov å slå en som ligger nede.

Skal jeg være ærlig, har jeg en helt konkret fantasi selv. Den er slik: På vei hjem fra jobb får jeg en aggressiv bilbølle etter meg. I det jeg venter på at det skal bli plass i en rundkjøring, tuter han på meg, og håner med dette min prikkfri bilkjøring. Senere ser jeg i sladrespeilet at han gjør en slags gest rettet mot meg, og det er da jeg bestemmer meg. Jeg kjører til side, slipper ham forbi, og begynner å følge etter. Uten å legge merke til meg, kjører han til slutt inn på en mørk gårdsplass. Jeg overmanner ham ganske raskt, det er lett hvis en er forberedt med tåregass, klubbe, strips med mer. Ja, så tar jeg ham med hjem, bukserer ham ned i kjelleren og binder ham til en stol. Etter at jeg har tatt av bindet han har fått for øynene, viser jeg ham en spesiallaget innretning som ikke kan holdes med én hånd. Jeg kaller den Verktøyet. Så skremmer jeg ham fra sans og samling med den. Han får noen ørefiker, så er det bind for øynene igjen, og så blir det en liten biltur. Til slutt blir han sittende alene på en stubbe i et skogholt og tenke over det han har gjort. Det er i alle fall én av flere mulige avslutninger på en slik kveld.

Hvilket bringer meg til oss: Hvordan kunne De gjøre noe sånt? Jeg ser at De nå forstår hvorfor De er her, og det er bra. Det tyder på at De angrer. Jeg må imidlertid be Dem å holde opp med å rykke sånn i tauene. De kommer ikke løs, og det er ingen som hører Dem, men den gaulingen der gjør hunden min veldig urolig. Jeg må virkelig be dem om å holde opp. Gjør De ikke det, blir jeg nødt til å bruke Verktøyet.

DEBUT

Han er et halvt hode høyere enn meg, og kroppen hans er en mannskropp. Jeg er gutt. Han er også ung som en gutt, men har kropp og sinn som en mann. Det er vakkert. Han vet nesten alt og han er sikker på at hun som er vikar i norsktimene våre er *interessert*.

Jeg skal ha sex og han skal vise meg. Ta meg med til henne, og vise meg. Vi skal be om hjelp med stiloppgaven hun ga oss i går. Planen er lagt, den kan ikke slå feil, den er lagt av en mester.

Han tar to mellomstore glass ut av skapet i pulten sin og setter glassene på bordet. Under senga finner han ei brun flaske, og skjenker glassene trekvart fulle. Whiskey, sier han. På etiketten leser jeg *Grand Mariner*.

Det er yndlingswhiskeyen til Skjebnens Hånd! Vi skåler. Whiskeyen er søt, og smaker appelsin. Han smatter med leppene.

– Den varmer godt? sier han. – Merker du at det brenner? Rett under brystbeinet kjenner jeg whiskeyflammene. Det gjør vondt, men det er litt godt også.

– Ja, sier jeg, – det brenner noe så inn i helvete.

Vi drikker enda mer Grand Mariner. Så, etter en lang stund, setter han glasset ned på det lave bordet med et dunk. Senere går vi rolig, men bestemt langs Øvre gate uten å si noe.

En bil kommer mot oss. Da den passerer, tar han et halvt skritt ut i veien. Bilen må svinge utenom og sette ned farten så den blir stående nesten stille. Han lager monsterhender og brøler mot det åpne bilvinduet. Kvinnen i bilen kvepper og rynker pannen, men da jeg også brøler og klorer ut i lufta, er hun bare alvorlig og ser rett fram.

Da vi er framme ved vikarhuset, må jeg støtte meg litt på veggen. Hun åpner og snakker hyggelig med oss. Hun ber oss inn, tekopper, sjokoladecookies, prating, jeg blir så svimmel. På vei til toalettet faller jeg visst. Noen stryker forbi der jeg ligger. Det er henne, i skjørt, jeg vrir meg og får sett oppover under skjørtet, men det er helt mørkt der oppe. Noen sier at nå må vi gå.

Jeg er våken nå og ser at jeg ligger på et jorde med vissent gras, ved siden av et hus jeg aldri har sett før. Himmelen er helt grå og jeg setter meg opp og prøver å spytte ut noen biter av noe bittert jeg har på tunga.

Da ser jeg Skjebnens hånd. Han kom til syne ved hengebjørka i den tørre skråningen ned mot riksveien. På hver sin side av ham dilter Kaiser og Herzog, de svarte Schäferhundene hans. Skjebnens Hånd går rolig ned skråningen og krysser den øde veien. På den andre siden stanser han og snur seg. Han løfter langsomt høyre hånd til en hilsen.

Jeg forstår hva det betyr: Han kan ikke hjelpe meg lenger.

ÅSYN

Den lyse huden hennes, med hundrevis av bittesmå fregner, og det tykke, rødbrune håret får meg til å tenke på eplekake. Med kanel i, og krem til, slik som mamma lager noen ganger. Jeg skal si til Susann at hun minner meg om eplekake. Hun kommer til å like at jeg sier det. Men jeg skal ikke si det nå. Senere en gang, kanskje når vi går på ungdomsskolen. I morgen begynner vi i sjette. I kveld skal vi mane frem Djevelen.

Det var ikke så vanskelig å finne det vi trengte. Padda vi skal grave ned, er bare en overkjørt frosk, men den får duge. Padder finnes ikke her oppe. For tørt om sommeren og for kaldt om vinteren, sier naturfagvikaren. Værhår fra en katt var lett. Susann klipte av Tigergutt den ene barten mens han sov. Det likte han ikke. Jeg hadde ikke gjort det mot min katt, men Tigergutt er bare et udyr. Gullkorset var ikke så enkelt når jeg tenker meg om, mamma er glad i det og kommer til å lete etter det i månedvis. Men det vi skal gjøre i kveld, er viktig for meg. Det er viktig for Susann. Kanskje kan jeg grave det opp igjen en kveld før det blir høstmørkt for alvor.

En halvtime før midnatt lurer jeg meg ned trappa og skviser meg ut døra mens jeg holder igjen Brian som logrer vilt og vil være med. Jeg møter Susann ved kirkemuren. Hun gliser med tenner som er superhvite selv om det er mørkt. Hun holder en liten hagespade i været.

Kirken er opplyst av tre store lyskastere, det hadde vi ikke regnet med, og jeg har lyst til å gå hjem, men Susann tar meg i armen og sier at hun ikke hadde trodd at jeg var pysete. Derfor går vi til kortenden av kirken og graver ned tingene. Gullkorset skinner helt til den svarte jorda faller på det.

Vi skal gå baklengs rundt kirken tolv ganger og lese Fadervår baklengs, tolv ganger det også. Det er innviklet, vi kommer av hele tiden og da jeg snubler og detter på baken, får Susann latterkrampe. Jeg ler også, selv om det gjør vondt i seteballene. Rett før vi er ferdig, går det et menneske forbi kirken utenfor muren. Jeg håper det ikke var noen som vet hvem vi er. Vi stikker hjemover rett etter det og sier ses på skolen i morgen da vi skilles.

Da vi samles i klasserommet etter at det har ringt inn, får jeg øye på en gutt jeg ikke kjenner. Han har det svarteste håret jeg noen gang har sett, og øynene hans skinner. Jeg får med en gang lyst til å bli kjent med ham. Ganske snart begynner læreren å snakke. Det første hun sier, er at gutten med øynene heter Vidar, og at han skal gå i klassen vår heretter.

Det ringer ut, og mange av oss går mot pulten til Vidar. Noen snakker med ham, og jeg hører ham skryte av at han har et skrin med to hundre fargeblyanter. Han tar skrinet opp av sekken, men han åpner det feil vei så hundrevis av fargeblyanter regner ned på pulten hans og de fleste av dem fortsetter ned på gulvet. Alle bøyer seg ned for å hjelpe. Jeg også, jeg soper sammen to never med fargeblyanter og reiser meg opp. Vidar står rett foran meg.

– Ikke alle! sier han. – Dere er for mange! Og så slår han meg i magen. Ikke hardt, men halvhardt. Likevel gjør det vondt, og jeg slipper blyantene ned langs beina. Jeg er varm i øynene, og snur meg bort. Uvilkårlig søker blikket mitt Susanns for å se om hun la merke til det som skjedde. Susann ser ikke på meg, men smiler og ser mot Vidar. Med begge hender holder hun frem en stor bunke fargeblyanter mot ham. Han smiler også. Men Vidar ser ikke på henne. Han ser på meg.

SAMLING

Da vi kom til bygda, var jeg glad. På seksjonens sommerfest hadde jeg danset med Ragna. På hennes initiativ. Og nå som jeg hadde gode sjanser til å finne en antatt utdødd insektart, var det plutselig enormt mye bedre utsikter til å kunne bli førsteamanuensis også.

Det tok oss faktisk ikke så lang tid. Journalisten som hadde skrevet notisen, var fra stedet. Han kunne vise oss nokså nøyaktig hvor i den trange dalen guttungen hadde sett den store, røde sommerfuglen.

Tilbake på hotellet protokollførte min kollega prøvene mens jeg bearbeidet materialet for å konservere det. Vi skalv nesten. Ikke bare hadde vi fanget to voksne eksemplarer, vi hadde med oss en bladrik gren som krydde av nyklekte larver. Grenen hadde dessuten vist seg å være fra en plante som ingen hadde trodd kunne klare vinteren i dette landet!

I hotellbaren nyter vi et par velfortjente øl. Jeg går bort til baren for å bestille våre tredje. Der kommer jeg i snakk med en kvinne. Mørkt hår og blå øyne, som Ragna. Etter at min kollega har sagt god natt, blir vi sittende og prate sammen. Samtalen går dypere og dypere. Etter hvert avslører hun en nokså vond historie med en ektemann som er gått bort og et sterkt savn etter denne mannen. Det føles som et kjærtegn da hun sier at jeg gjør henne lysere til sinns. Jeg sier at jeg avgir så mye lykkelig energi for øyeblikket at det er mer enn nok til to. Vi ler.

Turen hjem til henne tar bare tre minutter. Jeg hilser på noe slags fuglehundgreier som uten videre gnir hodet sitt mot låret mitt og logrer før jeg har rukket å henge av meg jakka. Så spiser vi, maten er påfallende god men hun benekter smilende min påstand om at hun er profesjonell.

Etterpå griper hun hånden min og vi tar noen dansetrinn til en jazzlåt som står lavt på. Nærmest i transe, og nærmest svevende, beveger vi oss inn på soverommet hennes. Jeg legger min munn mot hennes munn. Et lite korn fra henne eksploderer på min tunge. *Pepper!* tenker jeg. *Salaten!* før vi bikker ned på senga. Veggene tar fyr og begynner å smelte.

Jeg våkner ved siden av henne, uten å forstå hvorfor en mann står over meg. Han brøler noe, men jeg forstår ikke hva. Jeg blir dratt opp av senga etter den ene armen. Da jeg griper etter klærne mine, får jeg et hardt slag på munnen og kjenner smaken av blod med en gang. Jeg får noen slag til før jeg begynner å kjempe i mot, og får ham ned på gulvet. Vi prøver å drepe hverandre med nevene nå. Hele tiden hører jeg henne skrike. Så skjønner jeg at hun oppmuntrer ham.

Vi ruller ut på stuegulvet. Jeg klarer å vri meg løs og krabbe inn på badeværelset. Etter å satt hælen i ansiktet hans, får jeg låst døra. Mens jeg hiver etter pusten, får jeg øye på en blodig grimase i speilet. Jeg går nærmere for å se. Alle fortennene mine er slått ut.

TOMT

Jeg reiste til byen nesten hver søndag kveld. Uka var bare jobb, jobb, jobb, men så var jeg hjemme i helgene. Jeg tror Susann savnet meg og var ensom i den tiden. I hvert fall var hun alltid glad når jeg kom hjem fredag kveld. Vi hadde det ofte fint, men det var ikke lett å liksom være på sitt beste når en bare hadde to dager på seg før det var slutt igjen. Etter hvert var det som om Susann syntes det mest var slitsomt at jeg var hjemme. Noen ganger virket hun lettet når jeg reiste. Jeg er ikke sikker på hva hun driver med nå. Sist jeg hørte fra henne, var hun på Vestlandet og jobbet på bensinstasjon. Av og til tror jeg hun hadde noe på gang med han som eier stasjonen. Før det ble slutt mellom oss, og hun flyttet ut.

Villemann beholdt jeg. Det dumme dyret er ikke interessert i meg, han heller. Når vi går tur, stikker han av så ofte han kan. Det nytter ikke å rope og kjefte, han bryr seg ikke. Men det var sånn jeg ble oppmerksom på fabrikken. Da jeg fant hunden, sto den og snuste langs veggen på en fabrikkbygning som overrasket meg. En bygning kan jo ikke bare dumpe fra himmelen rett ned i mosen, men jeg hadde liksom ikke sett den før. Den hvite, sprukne grunnmuren, de rustne blikktønnene utenfor, de store, mørke vinduene, det var nytt for meg alt sammen.

En kveld jeg lufter hunden innover de kjente stiene, får jeg lyst til å gå innom fabrikktomta igjen. Gud vet hvorfor, det er ikke noe estetisk tiltrekkende sted. Uansett, jeg rusler litt omkring på grusen, løfter litt på noen presenninger og dytter på vridde metalldeler som ligger inntil veggen.

Så er det plutselig som om jeg har vært bevisstløs. Jeg står ganske langt unna fabrikken, med ryggen til, mellom et par store grantrær. Mørkt har det blitt også. Da jeg snur meg, blir jeg oppmerksom på et svakt, blåaktig skimmer som kommer og går inne i bygningen. Jeg går bort til vinduet på kortveggen, og da jeg har stirret inn i mørket en stund, kommer det et veldig skarpt lysglimt som blendet meg. Et lyn. Akkurat da det eksploderer, ser jeg meg selv i vinduet et øyeblikk, men i speilbildet har jeg stripete genser. Ikke svart denimjakke. Så forstår jeg at glimtet ikke var noe lyn, men lysrør som ble tent der inne, og at genseren sitter på en mann som befinner seg innenfor vinduet. Jeg har aldri før sett et menneske som likner meg selv så totalt.

Han gjør tegn til at jeg skal komme inn, og jeg er nysgjerrig nok til å følge opp. Så er han borte igjen. Jeg får et glimt av ham bak en høy plankestabel, men da jeg kommer dit, er han ikke å se. Han gjør flere slike manøvrer, og jeg følger etter med en følelse av at hodet vil sprenges.

Enda en stund forfølger jeg ham rundt i de støvete rommene, så oppdager jeg at han har latt en dør stå åpen. Jeg lister meg bort til den. Det er ingen der, bare en bratt trapp som forsvinner i en mørk kjelleretasje. Før jeg går inn, kaster jeg et blikk mot rekken av store vinduer mot gårdsplassen. Hunden har lagt forlabbene på vinduskarmen og følger meg oppmerksomt med øynene. Det er et slags uttrykk i dem, noe jeg aldri har lagt merke til før.

Jeg går ned trappa, og finner en ny dør. Den åpner jeg, og der inne står geledd etter geledd med de samme kopiene. De er oppstilt i sirlig orden. Til høyre, helt foran, er en plass ledig. Uten å tenke mer, går jeg bort og tar plassen. Til venstre for meg er det en lysbryter. Jeg kjenner jeg blir rolig. Jeg strekker ut armen og slukker lyset.

EPISODE

Jeg går opp Fougstads gate. Kveldssola sleiker de rødbrune husveggene, og mursteinene er varme å ta på. Fra et åpent vindu i en førsteetasje hører jeg noen synge en salme. *Nærmere deg, min Gud.* Det er tross alt søndag.

Så står jeg ved døra til oppgangen hennes og ringer på. Det var denne matteleksa? Dina ber meg komme opp, men stemmen hennes er så tynn. Hun pleier å høres glad ut. Jeg begynner på trappene opp til fjerde. Selv om det er varmt ute, er oppgangen kald. Iskald.

Jeg banker på døra til leiligheten. I øyekroken skimter jeg noe lenger oppe i trappa, i taket til loftsetasjen. Det henger noen digre, lodne sekker der. Tre stykker. Dina åpner, og det hvite ansiktet hennes sier *mor, far og barn, vil du være med og leke. Hi hi.*

Da får jeg lyst til å gå hjem, men noe griper meg i armen og trekker meg innenfor. *Vil du være med og leke.*

Dina sitter stille på en kjøkkenstol. Hun sier *mamma og pappa og Draco henger i taket.* Grå, hårete armer begynner å stryke meg, og jeg faller sammen av smerte. Det kjennes som strømførende nesler. Der armene stryker, ligger det igjen en klebrig silkepels. Inne i det grå ser jeg plutselig et lite, blankt øye. Så vondt det gjør.

Jeg går, jeg står, jeg ligger, jeg blir gal. Vondt. *Hi hi.* Det er tross alt søndag. Nærmere deg, min Gud. Armene slutter å stryke et øyeblikk. *Slutt! Du skal være med og leke.* Mer vondt, og jeg synger inni meg, alle salmer jeg kan. Når jeg synger, gjør det mindre vondt.

Da jeg våkner, ligger Dina på kne ved siden av meg.
– Dina!, sier jeg. – 113!

Vi står i gata utenfor nummer 23. Jeg holder Dina i hånda. Ansiktet hennes blir blått og rødt av varsellysene. Moren og faren hennes har leger og politi rundt seg. Øynene deres er ikke menneskeøyne lenger. Bare Draco har det samme blikket som før.

PÅ BYEN

Alle gatene ligner hverandre. Jeg kan ikke skjønne hvor baren kan være, men så står jeg med ett rett utenfor. Gatenummeret stemmer plutselig, navnet også: *La Raza*. Skiltet er i krakelert emalje, hvite bokstaver på sort bakgrunn. Jeg tar de tre trinnene opp og åpner en tung dør. En klar, liten bjelle klinger.

Det er deilig kjølig der inne, og dunkelt. Når det demrer for meg etter den skarpe julisola, ser jeg at veggene er prydet av sort-hvitt-fotografier, pent innrammet, tett i tett, helt opp til det høye taket. Jeg trenger bare å ta et par skritt, så er jeg borte ved den sortlakkerte bardisken. En kraftig mann i blendende hvit skjorte og solbriller legger sigaretten sin rolig ned i et askebeger. Han lar hånden gli langs disken mens han kommer bort. Han stanser vis-á-vis og smiler. *Han er blind*, tenker jeg. Høyt sier jeg:

– Jorge! Få meg til å drømme!

Jeg finner omsider stedet. Gaten er en smal tverrstubb mellom to andre gater som også er smale og skyggefulle. Det er vel det som gjør baren så vanskelig å finne igjen. Når du først står utenfor, er det greit nok. Et mellomstort metallskilt med slitt emalje: *La Raza*.

Inne er det så mørkt at jeg må stå stille et øyeblikk for å få igjen synet. Etter hvert skimter jeg mannen bak disken. Han legger den halvrøkte sigaretten sin på askebegerkanten og går rolig fram til midten av bardisken. Til tross for at han er blind, tar han med sikker hånd et lite glass ut av hyllen under disken og plasserer det foran meg.

– God ettermiddag, og velkommen! Jeg tar meg i å lure på om han bruker solbriller også når han sover.

– Jorge! sier jeg. – Få meg til å drømme!

Etter en stund finner jeg stedet likevel. Gullbokstavene på det sorte skiltet forkynner: *La Raza*. Innenfor døren stanser jeg og står. Det er dunkelt der inne. De svarte veggene er pyntet med noen få, falmede fotografier i forseggjorte rammer. Karen bak bardisken er delvis opplyst av en liten lampe med rød silkeskjerm. Den hvite skjorten hans virker som det lyseste i hele lokalet. Han bærer solbriller i mørket, blind som han er.
Jeg setter meg ved disken, og han vender seg halvt mot meg med et lite smil.

– Jorge! sier jeg lavt. – Få meg til å drømme!

Et drammeglass blir sikkert plassert foran meg med et lite dunk. Med samme nonsjalanse blir det fylt til randen med en klar væske. Blinde Jorge forsvinner gjennom et forheng og forblir vekk. Da jeg synes jeg ikke kan vente lenger, tømmer jeg glasset i én slurk. Med det samme skyter en kvalme opp i meg som en knyttneve, gjennom mellomgulvet og opp i halsen. Jeg griper etter døren, snubler nedover trappen, raver noen steg langs fortauet og runder hjørnet for å kaste opp. Øynene mine har så snevert synsfelt, det er som jeg ser i feil ende av en kikkert. På fortauet er det noen som har kastet opp allerede, to store dammer med oppkast. En hund tar en tur bort for å snuse, men blir rykket videre av eieren, som marsjerer utenom meg i en bue. Jeg klarer ti meter til, men så må jeg krøke meg og gi meg over.

Jeg sitter på en benk i et gatetun. Hodet mitt verker, likevel kjenner jeg meg forunderlig tilfreds. Sola har gått ned, men særlig mørkt blir det jo ikke på denne årstiden. En mann med hvit stokk passerer meg på noen meters hold. Han setter ned farten, ser ut som han kommer i tanker om noe, kanskje har han glemt nøklene hjemme. Han stanser helt, snur seg mot meg, smiler, og fortsetter.

SANNHETEN OM HALLOWEEN

Da jeg kommer fram til det gamle huset, ser jeg en mann som studerer den lille vedhaugen han har liggende på bakken. Han står med ryggen til meg og har en hund ved foten. Det er en gammel mann som snur seg mot meg og jeg skal til å spørre ham om han tror det er noen hjemme, men så ser jeg til min forlegenhet at det er en mann i en rynket gummimaske. Masken kjenner jeg fra før, for merkelig nok har vi begge på oss akkurat samme type maske. Dermed er jeg selv også en gamling, med langt, pistrete, grått hår. Maskene har et forbauset smil, og jeg smiler selv av dette. Så blir jeg plutselig bevisst at det ekte smilet mitt er inni masken, ikke utenpå.

Jeg skal til å si noe, men gjør det ikke. Den gamle ser ubevegelig på meg, og jeg på min side kikker på ham gjennom de små øyehullene i min egen maske. Den gamle står og smiler på akkurat samme vis. Maskene står og smiler ubevegelig mot hverandre. Hvorfor snakker han ikke? Jeg kjenner en slags trass og bestemmer meg for at det ikke skal bli meg som rører seg først.

Masken har et utrivelig oppsyn. Hvis et levende menneske hadde sett sånn ut, hadde det skremt vannet av folk. Det likner den jeg har på, men er min virkelig så uhyggelig? Jeg merker at jeg har et stivt glis innenfor gummien. Butikken hadde ikke noe alternativ hvis jeg ikke ville være prinsesse, og ungene kom til å bli skuffet hvis jeg ikke tok på maske. Så jeg har i alle fall en grunn. Men hvem er han? Hva vil han? Hvorfor snakker han ikke? En får for faen håpe han ikke har like djevelske tanker som det oppsynet tyder på.

Jeg kommer ikke i noe fall til å slippe ham inn i huset. Ved høyrebeinet mitt kjenner jeg vekten av Lasarus og hører at han begynner å knurre lavt, langt inne i bringen. Jeg åpner munnen for å avverge at bikkja gjør noe dumt, men leppene mine kommer borti den svette innsiden sånn at jeg ikke skjønner hva jeg selv roper.

Det skriker djevelsk fra masketrynet, han pusser bikkja på meg og jeg farer sammen og ned etter en vedkubbe som ligger rett foran beina på meg.

Uhyret slår Lasarus i hodet med et vedtre, men gjennom de smale gummisprekkene ser jeg heldigvis skaftet på øksa der den sitter i hoggestabben.

I CHING, I CHING!

Vi kan godt innrømme det med snobberiet: Ikke bare liker vi kunstfilm, vi ser også ned på slike som ikke liker kunstfilm. Sånn er det. Der vi sitter og gleder oss til vår greske helts siste storverk, finner M det som regel høvelig å stelle til en rev av noe lys hasjisj.

Etter at de pannefreste kjemperekene er fortært, har vi dessuten nesten en hel flaske nordfransk hvitvin igjen. Den er kald og deilig, selv om den syrlige aromaen lager skarp disharmoni med laget av brent kvae vi etter hvert har på tungeryggen. Dette blir vi mer og mer likeglade med etter som filmen skrider frem. Min venn får også større og større problemer med å uttale lange ord, noe som blir ekstra tydelig da han skal kommentere vinen. *Gewurztraminer* låter mildt sagt fornøyelig i munnen på en overlegen snobb som er i cannabisrus og dessuten har halvannen flaske vin i systemet. Jeg blir liggende på gulvet i latterkrampe mens Fenris sleiker meg begeistret i ansiktet.

Kvelden skrider frem. Det skal innrømmes at M og jeg har våre ulikheter. Felles kjente har påstått at vi er like. Ordet radarpar har vært brukt. Men vi har våre ulikheter.

Jeg liker Mikkelsmess. Lemlester. Grimsborken. Han kan selvfølgelig ikke tåle noe med noen bønder fra oppi dalom. Han sier dalom. Jeg er vel fra dalom også, da. Han liker Carnage og Klöfven Hoow. Klöfven Hoow er en gjeng klovner fra Uppsala, det hjelper ikke at de er populære i Japan og USA. *Klovner. Dalom. Faen.*

Derfor har vi sluttet å diskutere musikk. Det er rett og slett verken interessant eller hyggelig lenger. Men hva var det han sa?

– Hvis du virkelig mener det, tror jeg vi ikke er venner lenger? Og hvorfor sa han det? Jeg måttte jo stå på mitt akkurat der, det visste han jo? Så var det jo ingen trekk igjen for ham utenom å smelle utgangsdøra etter seg.

Hvorfor ser han ned på meg? Dette er noe jeg ikke kan tåle. Han er ingenting selv. Hans mening burde ikke bety noe. Så gjør den det likevel og jeg kan ikke late som ingenting og jeg kan ikke forklare for meg selv hvorfor.

Hva en gjør i en situasjon som denne, vet ikke jeg. Men jeg burde sikkert gjøre noe. Disse detaljene er livet mitt. Hvorfor har jeg lagt livet mitt i en bane rundt bagateller? Nå må jeg betale.

– Direktør, digger De Klöfven How? Her jeg ligger, kjenner jeg at kroppen min går i oppløsning og at jeg begynner å miste forstanden. Jeg veier ett hundre blytunge tonn og synker ned i gulvet.

Så tenker jeg: Boka! Jeg har jo den! Med ett er jeg ikke tung lenger. Jeg står bøyd over bordet og kaster myntene med sikker hånd. Ingen av dem faller på gulvet og ødelegger prosessen.

Og myntene sier K'un! Nummer 2! Det er jo ett av de fineste, for så vidt, men dette hadde jeg ikke ventet. Jeg vet alt for godt hva det betyr. Seks i øverste linje: *Det kjempar drakar i blomeeng. Det svarte og gule blodet renn.*

I kjøkkenskuffen finner jeg det jeg trenger, og så begynner jeg å gå nedover trappene. Fortere og fortere.

www.ingramcontent.com/pod-product-compliance
Lightning Source LLC
Chambersburg PA
CBHW070623310726
48982CB00001B/157

* 9 7 8 8 2 9 9 9 8 1 6 1 3 *